KB267697

귀환의 시간

시작시인선 0555 귀환의 시간

1판 1쇄 펴낸날 2025년 12월 12일

지은이 김일태
펴낸이 이재무
기획위원 김춘식, 유성호, 임지연, 차성환, 홍용희
편집 이호석, 박현승
편집디자인 김지안, 장수경
펴낸곳 (주)천년의시작
등록번호 제301-2012-033호
등록일자 2006년 1월 10일
주소 (03132) 서울시 종로구 삼일대로32길 36 운현신화타워 502호
전화 02-723-8668
팩스 02-723-8630
블로그 blog.naver.com/poemsijak
이메일 poemsijak@hanmail.net

ⓒ김일태, 2025, printed in Seoul, Korea

ISBN 978-89-6021-835-2 04810
　　　978-89-6021-069-1 (세트)

값 11,000원

*이 책은 경상남도, 경남문화예술진흥원의 문화예술 지원을 보조받아 발간 되었습니다.
*이 책 내용의 전부 또는 일부를 재사용하려면 반드시 저작권자와 (주)천년의시작
양측의 동의를 받아야 합니다.
*잘못된 책은 바꾸어 드립니다.
*지은이와 협의하에 인지는 생략합니다.

귀환의 시간

김일태

천년의 시작

시인의 말

　나를 따뜻하게 맞아줄 제집이 있는 사람은 낯선 곳으로 여행을 준비할 때만큼 되돌아가기 위해 채비할 때도 설렌다.

　실패와 좌절 속에서도 번번이 다시 일으켜 세우며 지금까지 이끌어 준 나 자신을 관욕灌浴 시켜주고 싶어지는, 지금은 귀환의 시간이다.

　이번 시집은 먼 여행길 위에서 세상과 힘겨루기 이전의 그곳으로 돌아가려 마음을 수습하는 과정에서 얻은 시편들을 모은 것이다.

　앞만 보고 빨리 가느라 그냥 지나쳤던 살가운 것들을 되돌아가는 길에 만나보고 싶은데, 왔던 길이 아니라서 걸음걸음마다 울컥해진다.

2025년 세밑에

차 례

시인의 말

제1부 종심을 향해

제2부 첨삭의 시간

제1부   종심을 향해

줄

13

젊었을 적에는
많은 줄이 보였지
줄넘기도 절로 되었지

나이가 들어가면서
줄은 하나둘 사라졌지
넘치는 자신감에
가끔 줄에 걸려 넘어지기도 하면서
스스로 줄이 되어가고 있었지

이제는 잡아야 할 줄 넘어야 할 줄 대신
제가 만든 줄에 묶여 있는 저만 자꾸 보이지

이젠 더 이상 줄에 매달리지 말자고
마음에 줄을 긋고 또 긋게 되지

종심從心*을 향해

쌍봉낙타처럼 건너가려 하네
앞에 놓인 저 사막의 길
두 개의 봉오리에 설렘과 두려움 나누어 담아서
여러 개의 혹을 등에 지고 산
할머니 할아버지 어머니 아버지 생각하면서
진 짐 버거워하지 않는 낙타처럼
꼿꼿하게 머리 세우고

가다가 더러 두 봉오리 사이가
갈 길만치 멀어 보이거나
어둠이 숨바꼭질하더라도 개의치 않고
코를 벌름거리며 한숨을 토해낼 때마다
절망도 한 줌씩 떨어져 나가리라
두 눈 후비는 모래바람도 위안으로 여기며
모래알 같은 은하수 아래 한 줌의 안식에도
수도자처럼 나붓이 무릎 꿇고
나비잠으로 여독을 풀겠네

가는 도중 생이 소진된들 어떠랴
더는 외롭지 않을 사막의 별로 뜰 수 있기에
가시 돋친 낙타풀 씹을지언정 결단코
한 움큼의 먹이에 유혹당하지 않고
그 옛날 비단 싣고 쿤룬 톈산 넘던 할애비들처럼
맑고 순한 눈으로 앞만 보고
지나온 발자국 지우는 바람 같은 시간 반추하면서
오로지 언젠가 가 닿으리라는 확신 하나 안고
종심을 향해 뚜벅뚜벅 걸어가려 하네

* 종심從心: 70세.

흐린 시간을 건너며

노령연금 신청한 날
묵직한 저녁 딛고
집으로 돌아가는 길

늘 그냥 스쳤던 집 앞 가로등이 낯설게
아내 대신 목을 늘여 기다리고 있었다

그 난삽하던 의문들은 누가 다 쓸어갔을까
나는 왜 나에게 모질지 못하고 늘 관대했던가

질문 공세 펼치는 오래된 청춘의 시간 향해
방향도 어긋나지 않았고 사력을 다해 왔다고
무심에 밑줄 그으며 우겨 보고 싶어지는
이순의 시간

마지막과 시작은 서로 닿아 있고
삶은 늘 시작과 끝의 반복 아니냐며
엄지발가락에 다시 힘을 주어보지만

초미세먼지 농도 기상예보가 좋음인데도
길이 흐릿하였다

화환

다 같이 나왔어도
누구는 검은 리본 달고
눈물 거두려 울음 뒤로
누구는 흰 리본 달고
박수 받으려 웃음 앞으로

짧은 한 생의 여정처럼
촘촘히 엮여서
얼마 못 가
함께 시들 것들 찾아간다

출렁출렁
불이경不二經 배달하러
사바세상 찾아간다

눈물 없이 어떻게 울지

눈이 자주 스멀거려 병원에 갔더니
안구건조증이란다

나이 들어가면서 생기는 자연스런 현상이라 진단했지만
나는 직감한다
슬퍼도 오래 가지 않고 이내 덤덤해지는 까닭이
눈물샘과 무관하지 않다는 것을

아까워라
평생 나누어 써야 할 저장고가 비어 가는 줄 모르고
대신 울어 줄 필요 없는 일
부질없이 작은 일에 함부로 눈물 쓴 일이

어쩌나
세상이 내 눈보다 더 건조해져서
울어 주어야 할 일
울어서 다시 일어서야 할 일
지워야 할 일로
눈물 필요한 날 많을 텐데

어떡하지
자꾸 메말라 가다 울 수 없는 날 오면
눈시울만 붉히며 마른 울음 울어야 할 날 오면

어르신

신神의 반열로 접어들었다
만 65년, 열심히 수행해 왔다고
세상의 여러 영역에서 우대받는
어른신이 되었다

온갖 잔꾀로 자신을 옭아맨 귀신의 시간
다칠 줄 모르고 헛발 내질렀던 병신의 시간
길 잃고 헤맨 등신의 시간 지나
얼결에 맞은 어른신의 시간

아무 신탁神託도 받지 못한 행려자를 누가
일찍이 신神 중에도 격이 높은 어른신이라 칭했는가
아직도 속에는 온갖 잡신들이
어둑어둑 꽈리 틀고 있는데

단단해야 할 데 풀리고 풀려야 할 데 더 야물어져서
감냥 없이 오만 일에 무소의 뿔처럼 눈 부라리다가도
정작 나서야 할 옳은 일에는 침묵 속으로 숨는
어정잡이신神

두려워 어찌 건널까
자신을 신神이라 착각하고 사는
이 가짜신神의 시간을

빗자루 보살

어느 보살의 화신化身일까?
몇 년째 이 도량에서 수행 정진하고 있는지
어떤 깨달음을 얻었는지도
알 수 없는 그는

아파트 사람들 아침잠 쓸어내기도 전에
먼저 뒷산 산책로를 훤히 닦은 뒤
글자 지워진 이정표처럼
빗자루를 가로수에 기대 놓은
그는 우리를 어디로 안내하고 싶었을까?

니르바나 가는 길은
잘 쓸고 닦는 거라 가르치고 싶었을까?
편견 없이 둥글어진 마음처럼
세상을 쓸고 치우느라 골고루 닳은
몽당빗자루 하나

몽당붓으로 가지런히 필사해 놓은 듯한
불립문자 경전 구절구절 남겨 놓고
슬쩍 자취를 감춘
빗자루 보살

그리운 청춘

연초록 꿈 피우던
그 청춘의 시간
어디로 사라졌을까

수없이 볶이고 닦이면서
고통의 깊이만큼
무욕과 모성의 빛깔로 발효된
적멸의 여정 앞에서

웃음도 눈물도 되지 못한 날들이
부대끼고 쪼그라들며
맛과 향마저 잃고
버린 문장처럼 쪼글쪼글해진
탈진의 생이여

차 한 잔이 우러나는 동안
지금은, 아침을 추억하는
저녁의 시간

마음밭을 놓고 싶다

고향에서 농사짓는 친구가
고추밭을 놓는다고
막물을 따가라는 연락이 왔다

농사꾼들은 하나의 농작물을 마지막으로 거둘 때
수명 다한 작물을 거두어 치운다 하지 않고
밭을 놓는다 말한다
밭을 놓아 준다는 말이다

땅도 기운이 있어 곡식을 기르느라 힘을 다한 만큼
다음 작물 심을 때까지 쉬게 해 주는 것이다
농번기 때 기력 다한 소를 잘 먹이며 쉬게 하듯이
알찬 열매를 조건 없이 길러내 준 땅에 대해
고맙다는 말 대신 거름 주며 힘을 북돋아 주는 것이다

농사꾼은 땅 기운도 땅힘이라 하지 않고 땅심이라 한다
힘을 마음으로 읽는 것이다

밭 놓는 날은 이웃들 불러 수박이며 참외며 고추며 가
지며

막물을 나누는 날이다
땅의 은혜에 함께 감사하며 정을 쌓는 날이다

콘크리트에 짓눌러 단 한 순간도 쉬지 못하는
도시의 땅 위에서
새로운 생을 심어 가꾸어야 하는 이모작 전환기에
수없이 시달리면서도 나를 살게 하는 마음밭도
한동안 거름 주며 놓아주고 싶다

거북선은 어디로 갔을까

거북선이 사라져 앞뒤 구분 없어진
진해 중원 로터리
백색으로 치장하여 키 높인 우체국 앞에 앉아
흑색 지붕으로 몸 낮춘
건너편 흑백다방을 바라보며
잃어버렸거나 잊지 못하고 있는 것들을 생각한다

절반은 참말 절반은 거짓말같이
길몽과 흉몽을 오갔던 숱한 밤

어슬렁거리는 하이에나 무리 보듯
경계를 풀 수 없어
작은 낌새에도 오줌 마렵고
아까시 숲 어룽거리던 때 몇 날이며

용의주도하게 치장한 얼룩무늬 때문에 오히려
숨을 곳 없는 중원을
달음박질로 도망 다닌 적 얼마이던가

우기의 강 겨우 건넌 세렝게티 늙은 얼룩말처럼

힘겹게 한 시대를 건너와 한숨 내려놓는
흑백의 시간

다시 한세상 건너기 위해
또 수많은 절망의 징검다리 짚어야 할 텐데

팔방의 소문들이 흘러들어 고이던
백 년 중원은 지금
우송되지 못하고 되돌아온 우편물처럼
잊히거나 남은 것들이 뒤섞여
얼룩얼룩하다

반성문에 대한 반성

유신 시대 민주화 시대를 건너온 베이비 부머 세대라고
그 시절 데모 잦았던 대학 다녔다고
난감하게도 해마다 회고를 담은 원고를 청탁해 와서
그냥 적당히 묻어가자 싶어
데모 무리에 동참한 듯 진정성 없는 글 써 보내다가
데모 좀 했다고 과세하는 이들 보면서
불현듯 일어난 양심의 가책으로
그 시절 나는 데모에 참여하지 않고 딴짓했다고
긴 반성문 같고 참회록 같은 장시 한 편 쓰고는
다시는 혁명 투사나 된 듯 거짓 글을 쓰지 않겠다고
다짐에 다짐했는데
그 비겁한 반성문이 모자랐는지
올해 또다시 원고 청탁을 받았다

청탁서를 꼼꼼히 살펴보니
지금도 여전히 세상은 살기등등하여
이에 맞서야 할 일은 마무리되지 않았다고
그동안 진 자들의 아픔은 몰라 하고
이긴 자들의 승리만 축하하지 않았는지
아직도 짐승의 시간을 힘겹게 건너고 있는 이들 위해

다독이는 말 한마디 못 하고
눈물 없는 반성문으로 치부를 감싸며
너는 왜 과거 완료형으로 사느냐고 묻고 있었다

그래그래
나는 그때 시대를 피해 온 것이 아니라
내 청춘을 피해 온 거야

속으로 외치며
그 청춘의 열정 되살려 글 한 편 써보자고
의자를 끌어당겨 앉으며
책상머리에서 청탁서와 씨름을 해보는데
원고 행간에는
1979년 그때 같은 소요만 일고
역사의 뒤편으로 묻혀간 군중처럼
청탁서가 슬그머니 밀쳐졌다

마두금*이나 흐므**처럼

사랑아, 우리 남은 생生 마두금처럼 살까
바짝 당겨 팽팽한 두 줄
조화롭게 어울려 온갖 소리 빚어내는

마두금 가락에 얹혀
시공을 넘나들며 심금을 희롱하는
흐므는 또 어떻겠느냐

한마음 한몸에서 불어 내는
하늘과 대평원 두 울림이
저녁노을처럼 휘감고 어르며
어화둥둥 춤사위를 불러내는

양 떼가 목동의 휘파람 소리에 홀려 몰려가듯
각자의 노래에 서로 한껏 설레며
세상 밖으로 이끌려 가는 듯이
꿈결처럼 어울려 살다가 저물면

어떻겠느냐

매매춘買賣春

왕벚나무 그늘에 앉아
그는 봄을 팔고
나는 마음을 판다

눈독으로 들인 봄은
주체 못 할 춘정으로 쌓여 가고

개화와 낙화 사이
첫사랑의 기억은 지고 있어

함박 첫눈 같은
파장罷場의 시간이 오기 전에
사랑을 서둘러야 하는데

아름다움의 완성은 지는 데 있다고
귀에 들어오지 않는 적멸을
그대는 얘기하지만

어찌하나
고발할 데 없는 이 부당거래를

낙심한 이야기들만
떨어지는 벚꽃잎처럼
수북수북 쌓인다

수도꼭지의 설교

시골집 마당 우물가에 설치해 놓은
수도에서 물이 샌다

오래되어 낡아서이겠지만
당장 바꾸어야 할 만큼도 아니고
그냥 두기에는 마음 쓰일 정도로
꼭지를 잠가도 멈추지 않고
항변하듯 물방울이 떨어진다

오래 버려두면 틈 생기는 이치가
우리 몸이나 마음인들 다르랴
조였다 풀었다 수없이 반복하다 보면
무엇이건 헐렁해지는 게 당연하다

나이 들어 눈물이 많아지거나
소변이 쉬이 마려워지는 이유도
마음을 조여야 하는 부담은 커지고
몸을 조여주는 힘은 풀어지기 때문일 것이다

늙어가면서

하고 싶고 보고 싶고 갖고 싶은 것에 안달하며
조이고 묶었던 마음 느슨해지면
허투루 새는 곳도 자꾸 전이되어
풀린 괄약근 틈으로 속엣것 새듯
몸도 생각도 온통 줄줄 샐 것이라고
수도꼭지가 가르친다

말길이 어두워졌다

휴대전화 울림이 조금씩 높아진다
손나팔 귀에 덧대는 일도 자연스러워졌다

남의 소리가 또박또박 들리지 않으니
나의 뜻도 상대에게 잘 전해지지 않을까 봐
목소리도 알게 모르게 커진다

소리보다 눈으로 읽어야 할 일 잦다 보니
눈치도 늘어난다
눈과 귀 밖에서 소곤거리는 것들은
흉보는 거 아닐까 촉을 세운다

듣지도 보지도 눈치채지 못했어도
모른다고 변명할 수 없는 시간
바깥이 흐릿해져 가는 것은
안이 밝아 오는 징조라고 항변해 본다

아직은 그래도와 이제는 도저히 사이에서
그래도에 억지로 기대고 싶어지는
이순耳順의 시간

해는 바라는 대로 뜨지 않았다

동네 뒷산 마루에서
새해 일출을 기다렸다

누구는 조바심 내며 시린 발을 동동거렸고
또 누구는 마음 설레며 차분하게
영문 모르고 따라와 눈을 두리번거리는 아이 옆에서
어떤 이는 머리 숙여 기도하고 있었다

함께 간 아내는 어제 예고된 일출 시각을 의심하며
연신 시계를 확인하고
나는 돋을 낌새를 예상하며
영상 구도가 잘 잡히는 데를 선점하여
해가 돋기만을 기다렸는데

어제의 낡은 해를 버리고
오늘의 새로운 해를 기다리는 이들의 바람을 비켜
해는
제 시각과 궤도를 따라 떠올랐다

밤배

예순을 넘기면서
아내의 코골이가
발동기 소리로 변했다

호루라기만 물리면 집 앞 사거리에서
교통 정리해도 되겠다고 농을 던졌는데
얼마나 피곤하면 그랬겠냐고
당당히 경고하듯 되받았다

아내가 짐 가득 실은 발동선처럼
풍랑 거친 파도와 실랑이하며 밤을 건널 때
나는 언제 아내를 위한 등대가 되어
반짝여 본 적 있었던가
생각했다

젊었을 한때 내가 어설프게 부르던
유행가 밤배* 따라 부르기를 좋아하던 아내가
지금은 스스로 밤배가 되었는지

함께 젓던 노질 대신
밤마다 홀로 발동선에 시동을 건다

* 포크 가수 둘다섯이 부른 1970년대 유행가.

주름에 미안하다

지나온 길은 얼굴에
앞으로 갈 길은 마음에 새긴다고
농담을 했더니
잔주름은 세월이 만들어 내지만
굵은 주름은 본인이 만든다고
마사지사가 말했다

거울을 자세히 들여다보니
얼굴 전체가 살짝 좌우 비대칭이다
알게 모르게 삶이 기운 물증일 것이다

무게 잡으려 이마의 전두근을
날카롭게 보이려 미간의 비두근을
호방한 척하느라 눈꺼풀근을
욕하거나 비아냥대느라
입꼬리와 입술 근육을 얼마나 썼던가

세상을 주름잡으려다 얼굴만 주름진
나의 초상

주름이란 원래
자꾸 문지르면 조금씩 지워지는 거라고
마사지사는 했지만
살아온 날 살아갈 날 다 담고 있는
인생이 내게 준 선물을 어찌 내치랴 싶어
정중히 사양했다

치매

제 나이를 잊은 지 오래된
나무가 있다

천둥 번개
사막과 엄동의 시간도
거뜬히 건너왔는데
아직은 폭삭 주저앉을 때가 아니라며

한 해 한 해 세월 새기기가 부질없다고
속에 새긴 연보 기록 깡그리 지우고
공空의 시간을 건너고 있는
동구 밖 팽나무

팔순이 넘었어도
약조한 누구 기다리고 있는지
아직 가지런한 머리에 차렵을 정갈히 하는
연동할매

자꾸 팽나무를 닮아 나이테를 지워가는지
나이를 모른단다

언제부터 나이를 세지 않았느냐고 물었더니
안 세어 봐서 모르겠단다

팽나무 연둣빛 새잎처럼
해맑게

이순耳順의 시간

앞서간 누군가가 피워 놓은
연기 같은 길과
아무도 가지 않은
안개 같은 길

한쪽은 막막하고
다른 쪽은 막연하다

출구는 보이지 않고
지나온 입구는 닫힌
흐릿한 두 갈래 길 위

아직 별바라기도 해바라기도 되지 못한 채
알리바이 성립되지 않는 계략같이
기다려도 오지 않을 것과
반기지 않아도 기어이 오고야 마는
낯설거나 어색한 사이에
자꾸 우두커니 놓이는

황사와 일교차에 지쳐

어스름 녘 노을만 붉은

춘분 무렵

제2부　첨삭의 시간

시탁詩託을 기다리며

무당이 신탁神託을 받듯
시심詩心이 내게 내리기를 기다리네

신내림 거부하다가
무병의 고통을 받듯
시가 내게로 쏟아져
세상 걱정 때문에
불면의 시간으로 날 세우거나
시를 다 받아들이지 못하는 고통으로
밤새 울어도 좋겠네

온갖 고통 대신 짊어지고
골고다 언덕을 올랐던 그분처럼
시를 십자가처럼 힘겹게
생의 종착지까지 끌고 가도 좋겠네

간절하게 기다려도 오지 않던 시가
기별 없이
문득문득 찾아 왔으면 좋겠네

부고訃告

고향 동네 뒤 산자락을 새파랗게 치장하던 대나무 숲이
누렇게 변해 가고 있었다
우물가 정자나무 밑에 모여 놀던 어른들이
대꽃이 피어 말라 죽어 가는 거라 했다

백 년을 준비해 온 꽃 같은 이별이라
길조라 말하는 어른도 있고
돌림병 들어 쑥대밭이 되었으니
흉조라 말하는 어른도 있고
사람이나 짐승이나 초목이나
다 제 명대로 살다 가는 건데
별소리 다 한다고
일침을 놓는 어른도 있었다

올곧은 선비와 벗하던 죽창과 회초리의 시절
고단한 생들의 울타리 되어
작은 바람에도 춤을 부추기던
신명의 세월 건너
공손히 무릎 꿇고 받아들이는
순명의 시간

그날 저녁
평생 어른답게 사신 삼종 숙부께서
백수를 다섯 해 남기고 돌아가셨다는
부고 문자를 받았다

달빛 받은 대숲이
꽃상여처럼 보였다

소금

바닷물은 3% 소금 때문에
썩지 않는다

내 비록 하루 중
그대 생각
작은 일부일 수 있으나

그로 말미암아
나의 생은 싱싱하다

용량 제한

잊히지 않는다는 게 얼마나 쓸쓸한 일인지
넘어져 본 이들은 안다

잊는다는 게 얼마나 축복받은 일인지
다시 일어서 본 이들은 안다

잊힌 것은
잊지 말아야 할 것을 위해
자리 비워준 것이기에
잊지 않으면 잃은 게 아니다

나이 든 이들에게
오랜 기억보다
금방의 기억을 먼저 지우는 이유도 그럴 것이다

초과 저장되어 넘치지 않도록
신은 우리의 머리 기억 용량을
200기가바이트 정도로
제한해 두었다

첨삭의 시간

청탁받은 원고를 다듬어 보낼 요량으로
서정의 칼을 갈았다

밤이 깊어지는 만큼
감성의 날도 예리해지길 바라면서
그 예리한 날로
낭만과 엄살 같은 장식은
과감하게 도려내리라 다짐하면서

숫돌에 물질하듯
부끄럽거나 슬프거나 분했던 시간 끼얹으며
감성을 갈고 또 갈았다

갈다가 날을 만져 보았다
너무 많이 갈아 오히려 무뎌졌다
다시 날을 세우려 갈다 무너지기를 거듭했다

정작 불필요한 수식은 도려내지도 못하고
날만 세우다 날 샜다

무딘 칼은 다시 칼집으로 들어가고
첨삭하려던 원고
밤새 파지가 되었다

나무 시론詩論

벌 나비를 유혹할 향을 담아라
오래 두고 익혀야 그 향이 멀리 간다

나이테처럼 참말만 담고
그늘처럼
낮은 생들을 위한 기도를 품어라

침묵과 독백에 익숙해야 한다
드러내지 않고 참은 말들은 가지 사이에
여백으로 없는 듯 숨겨 두어야
바람 드나 듯 생기가 돈다

숲에 묻히지 않고 독야청청한 나무는
군더더기 가지가 없다
아쉬워 말고 과감히
잘 버려야 버림받지 않는다

금강소나무 한 그루가 평생에 걸쳐 첨삭한
늠름한 품새를 보아라
멋 내려 자신을 버렸겠느냐

느릅나무가 미루나무처럼 살 수 없듯이
똑같은 이름을 가졌어도 제 성질대로
감성을 지키거라

보잘것없다고 허투루 여기지 마라
둥치를 보호하고 격을 살리는 것은
껍질에 붙이는 적당한 엄살이다

헐벗어 앙상해 보이는 걸 두려워 말고
윤회보다 소멸을 꿈꾸며
늘 백지 앞에 당당하게 앉아라

꽃돌

누구나 두어 송이 꽃은 품고 사는 법
상처가 나를 에워싸고 있는
꽃이거나 향기인 줄 모르고 있을 뿐

한때 자웅동체雌雄同體였더냐
언젠가 꽃 피우리라는 일념으로
진화를 거부한

불멸의 사랑을 품고
부활을 발효시키며
몇 겁 고해의 시간을 건너왔더냐

누군가 함부로 꺾지 않는 한
영생의 길을 갈
적묵의 꽃

규화목*

불성을 품고
살아서
만인의 그늘이 된 공덕으로
죽어
신이 된 나무

* 나무의 내부 조직과 형태가 그대로 보존된 나무 화석.

코로나의 시간

갑자기 유배되었나?
위치 탐지가 되지 않는
낯선 데로

앞날을 읽던 눈
사랑을 듣던 귀
웃음과 울음을 말하던
입들은 어디로 갔을까?

낮인지 밤인지 분간 어려운
백야의 길 위에서
귀환 열차를 기다리고 있다

십자가의 그늘
-영화 《악마》를 보고

한때, 흙도 십자가를 품으면
성인이 될 수 있다고 믿었다
사람도 십자가를 품으면서
직립보행이 가능했을 거라고 넘겨짚었다

에펠탑이 삼각 지지대를 품고 솟았듯이
사람도 서로 기대고 지탱하면서
위대함을 입증해 왔다

남의 고통 기꺼이 안고 기대고 갈 때
사람의 형상은 완성된다고
그때 그 성인은 골고다 언덕을 오르며 말했다

세상의 그늘을 지우기 위해
십자가 품듯
스스로 그늘을 품는 이들도 있다

징검다리를 건너다

징검다리를 건너고 있다
여럿이 손잡고 갈 수도
가다가 중간에 쉴 수도 없는 길을
넉넉하게 줄 맞춰 건너고 있다

험한 세상 다리 되려 자청한 이들이
맨몸으로 급류에 뛰어들어
벽을 눕혀 만든 다리

물살과 깊이를 알 수 없어
헛디뎌 여차하면 떠내려간다고
차라리 물이 잦아들기를 기다리겠다는 이들

언제가 될지 알 수 없는데 어쩌겠느냐고
더 물이 붇기 전에 빨리 건너는 게 상책이라고
이미 나이 든 할매 할배들도 건넜다는 이들

다리 건너편이 사지(死地)일지 생지(生地)일지
아무도 말 못 하지만
오로지 이 길뿐이라는 말에 이끌려

모두 각자의 방식으로 조금씩 기우뚱거리며
몇 남지 않은 징검다리 디딤돌을 세며
조심조심 건너고 있다

자가격리

호숫가에 떠 있는 낙엽 하나
가 닿을 곳 몰라 어정대고 있다

물결도 일지 않고 바람도 건드리지 않는
불길한 휴게의 시간이다

붕어 떼도 긴장을 풀고
구름 그늘도 무덤덤하게 지나간다

뻐꾸기도 자장가 음률로 울고
나는 물수제비 뜰 엄두도 못 내고
세 명 앉는 의자에 혼자 앉아 있다

누군가 안부라도 좀 물어오면 좋겠는데
모르는 이의 발걸음 소리라도 기다려지는데
읍내장 갔다 더디 오시던 엄마처럼
한번 만나자고 보낸 휴대전화 문자는
답장이 깜깜하고

껍질 깐 바나나 반쪽 같은 낮달만

있는 듯 없는 듯
하늘가 외진 곳 지키고 있다

몽돌에게

내 사랑 향해
접족례接足禮 올리다가
덧없이 돌아갈 때마다
깔깔깔 비아냥거리지만

너 어찌 알겠느냐

전해지거나 닿지 않거나
웃음 잦아지는 그 너머까지도 지치지 않을
이 간절한 가슴앓이를

이유 없이 쓸려 갔다
까닭 없이 밀려오는 것
세상 어디에 있으랴

밀려올 때 떠날 걸 예감하고
떠날 때 다시 올 걸 믿는다면
지칠 줄 모르고 이끄는 앞소리와
흥겹게 받쳐 주는 뒷소리 마냥
이러한 사랑도 흥겹지 않겠느냐

사랑이란 어쩔 수 없이
금방 일도 잊고
다시 다가가는 일 아니더냐

물컹하거나 비릿하거나

창원 반송 전통시장에서 복숭아를 고르는데 주인이
살려면 사고 말려면 말지 만지지 마소
했다
생선 가게에서 싱싱한지 보려고 뒤집다가
똑같은 말로 무안을 당했다

덜 만진 듯한 것들 골라 집에 와서
복숭아 껍질을 벗겨 보니
손자국이 닿은 곳마다 갈색으로 물러져 있고
생선도 손탄 곳마다 비늘이 벗겨져 있었다

믿지 못한 일로 혼자 민망해졌다

살려면 그냥 사고 볼 일이었는데
세상살이 흥정으로 군데군데 흠집 난 내가
손탄 시장 과일과 생선처럼
물컹하고 비릿해졌다

친구의 회춘

새장가 든다는 소식이 왔다
10년 전 아내와 사별했던 친구로부터

첫 짝 만나 생의 봄꽃 피웠다가
열매 맺고 익혀 제 갈 길 떠나보내고
홀로 된 생의 가을 녘

여태껏 안고 왔던 지친 시간 아팠던 날
낙엽처럼 훌훌 벗고
한 번 더 꽃 피워 보려 한단다

이른 봄날 물오른 가지 끝에 꽃피웠다가
늦가을 잎 진 가지에
겨울을 예견하며
향 진한 작은 겹꽃 다시 피우는
춘추벚*처럼

* 춘추벚: 봄과 가을 두 차례 꽃 피는 희귀 벚나무.

다시 푸쉬킨에게

이제사 고백컨대
노여워하거나 슬퍼하지 않았다면
그대 슬픔의 날* 오지 않았을 거라고
한때 사랑시 쓰는 일로
내 뒤는 보지 못하고 남의 뒤만 보고
그대 향해 비아냥거렸던 일
미안해요

사랑은, 끝까지 지속할 수 없다는 걸 알면서도
저를 던지는 일임을
그 일에 내 전부를 거는 일임을
그때는 미처 알지 못했어요

서로 엇갈린 시선같이 여전히 포개지 못하는
부부**가 각자 손으로 쓰는
차가운 연서를 얼룩얼룩한 마음으로 읽으며
저를 공정하게 버릴 수 있는 무모함이

나를 지키고 오롯이 눈물을 완성하는 일임을
비로소 알았어요

* 푸쉬킨의 시에서 빌려 옴.
** 푸쉬킨의 부부 조각상은 대부분 불륜한 부인과의 사이를 상징하듯
  서로의 손이 포개지지 않고 떨어져 있다.

폐광 선언

시어사전 뒤적이며
남의 시 곁눈질하며 유혹해도
시가 오지 않는 날은 책상머리에
폐광 선언
이라 써 놓고 시를 생각한다
벌써 시맥이 끊겼는가 보다
라고도 써 본다

광맥이 분명하다 믿었던 광산에서
파도 파도 보석은 나오지 않고
폐석 같은 잡문만 나오는 날은
풋말을 열 번쯤 외워 본다

한 자루 삽도 괭이도 되지 못하는 펜으로는
더 파 봐야 헛수고
라고도 써 본다

황금알 낳던 거위 잡듯
이렇게 욕심내며 파고들다가
좁은 갱도 속에 갇히면 나중에 어떻게 될까

시답잖은 고민을 하다
폐석을 다시 본다

보석과 차이가 무엇이냐고
폐석이 해맑은 눈으로 묻는다

답을 얻을 때까지
푯말을 잠시 떼어 놓는다

세마* 혹은 넓적부리

세상의 진실은 돈다는 것
그걸 깨달아 석가는 부처를 얻고
갈릴레오는 죽을 뻔하다 살았다

결국, 모든 원願은 원圓을 타고 오는 거라며
물속에 머리 박고
한입 먹이 얻으려 수면을 도는 넓적부리처럼
알라의 울림 내려받으려
하늘 향해 두 손 받쳐 들고 세마를 추는 수행자처럼
오늘도 시마詩魔에 홀려
시 한 줄 얻으려 무한궤도를 도는
어정잡이 시인에게
바닷가 몽돌이 가르치는 한 말씀

두 손 모으지 마라
각진 귀퉁이 죄다 버리지 않는 한
너의 원願은 소원疏遠할 뿐이니

* 두껍고 긴 하얀 치마에 원통형 모자를 쓰고 머리를 한쪽으로 기울
  인 채 한 손은 하늘로, 다른 한 손은 땅으로 내린 채 반시계 방향으
  로 빙글빙글 도는 이 춤은 코란을 읽지 못하는 대중이 글이 아니라
  춤을 통해 신을 만날 수 있게 한 이슬람 수피즘의 독특한 기도 방식
  의 하나인 수피댄스.

반려석

개나 고양이 대신 돌멩이를 키운다
나무 쟁반 위에 앉혀
책꽂이 빈 데 곱게 모셔 놓고
한 해 한두 번 물걸레로 닦고 기름칠하면
반들반들 꼬리 치는 반려석

똥오줌 치울 일도
털 다듬을 일도
때맞추어 밥 차릴 필요 없고
짖거나 울어 시끄럽지도
자라서 더 넓은 자리를 요구하지도
먹이를 얻기 위해 가식적인 재롱도 부리지 않는

아무렇게나 생긴 것처럼
애정 공세에 대한 반응은 늘 제멋대로이지만
수수 억년 삶의 지혜를 누적하고도 침묵하며
가끔 시를 생각할 때
싹이 돋도록 함께 사색해 주는

돌을 키운다

사람이란

사람 인人자처럼
남녀가 둘이 서로 맞대야
제구실한다고
받쳐 주지 않으면 쓰러진다고
결혼식 때 주례 선생님이 그랬다

한자를 처음 만들어 썼다는
중국 티베트의 장족 마을에 가서
상형문자를 보니
사람 인人자는
혼자서도 꼿꼿하게 서서
잘 걷는 모습을 그렸다고 가르친다

한동네에서 홀로 사는
연동할매 밤실할배
오래전 짝 잃고도
왜 밝고 늠름하게 잘 살고 있는지
옥룡설산 자락에서 알았다

구불거리는 것들

세상에는
길을 모르는 것들만
구불거리다가 헝클어진다
칡이나 등 넝쿨처럼

제 길을 아는 것들은
더듬거리거나 꼬지 않는다

골병

멍자국 남기지 않고 맞는 매가 더 아프다
베로 감은 몽둥이로 맞아본 이들은 안다

진단서에도 오르지 못하고
소견서에만 엄살처럼 얹히는 병처럼

법으로 죗값이 매겨지지 않는 패악이
우리 세상을 더 아프게 한다

우수수한 한글날

뒤뜰 감나무
ㄴ자로 오그라든 잎사귀 하나 ㄹ자 그리며 떨어진다

그 옆에 ㄱ자로 구부려 보고 있던 잎사귀 하나
ㅇ자로 몸을 돌돌 말며 또 떨어진다

사랑채 마루에 앉아 가을 깊이를 재고 있는데
엊그제까지 하늘 받들던 손들이
홀소리를 만나지 못하고
저들끼리 붙잡고 ㅈㅊㅋㅌㅎ 닿소리로 내려앉는다

아무 들어 주는 이 없는데
무슨 아쉬운 내력 있는지 미완의 입소리 콧소리로
시끄럽게 가을을 얘기하는
심심한 한글날

설익은 홍시 하나 마침표처럼 떨어진다

가을이다

해를 안고 돌던 해바라기

마음을 닫고

고개를
푹 숙였다

일송정 푸르던 솔이

82

버리고 낡아 가면서
이것이 진정한 예禮라고
간결하게 수식하는
하얀 성자

제3부　적묵의 길 위에서

보살의 눈빛을 보았다

춥고 덥고 외롭고 두려운 사막의 길을
터덜터덜 건너온 붉은 낙타처럼
삼보일배로 고달픈 육신 끌며
사력을 다해 사바를 건너와

여기가 생의 종착지일지라도
진정한 축복으로 여기며

마침내 조캉사원 석가모니 분신상과
눈 맞추며
무릎 꿇고 두 손 모아 경배 올리는
순례자

해방으로 충만한
노을 색 눈빛이 빛났다

라싸 조캉사원*에서

기다려도 오지 않는다면 다가갈 수밖에
백 리 길을 삼보일배로 건너온
장엄한 여정

참는다는 것이야말로 최상의 고행이라
입새가 남루해질수록 신심은 빛나고
손금이 닳아 갈수록
길 또한 뚜렷해졌으리라

어느 방향으로 어떻게 가든 누구나
신에 다가갈 수 있다고 가리키는 푯말을 돌아

지나온 길에 감사하며
기다리고 있는 길에 경배하며
나를 위해 너를 위해 우리를 위해
한 발짝 한 발짝 오체 오감으로 접신接神하며

납작납작 자벌레 걸음으로

바라밀 향해 흘러가는 순례자

지나간 길바닥이
달팽이 자국 같은
신심信心으로 찐득하다

* 포탈라 궁과 함께 티베트인의 양대 정신적 성소로 불리는 세계문화
  유산.

바라나시의 꽃불*

갠지스의 아침은 온통 혼돈의 빛깔이다
이승인 듯 저승인 듯 자욱한 물안개 속에서
그 어느 것도 그림자를 만들지 못하고

오로지 반짝이며 길을 내는 건
물갈퀴질하며 흐르는 꽃불뿐
모두 낮과 밤 뭍과 물의 경계에
어정쩡히 머물고 있다

어떤 이는 다른 이의 육신 사른 재를 몸에 바르고
누구는 세속에 찌든 몸을 씻고
또 누구는 그 물로 밥해 먹고
더러는 플라스틱 통에 그 물을 받아
찾아오지 못하는 이들을 위해 퍼담아 가지만

죽음 앞에 모두 평등하다고
한 줄기 연기로 사라지는 영혼처럼 덧없다고
갠지스를 물베게 삼아

아무런 소원도 싣지 않고
윤회의 퇴로를 끊고
사바의 존재와 부재 사이를
달아나는 꿈처럼
노 저어 건너가는
작은 꽃등들

* 디아: 소원을 담아 갠지스강에 띄우는 꽃으로 장식한 유등.

갠지스의 가트* 아래

내일을 알고 오늘을 사는 삶은
어떨까 궁금하여
바라나시 갠지스의 일몰을 본 다음 날
일출을 보았다

남의 죽음을 보며 자신의 운명을 점치는
강가의 수많은 착한 영혼들을 쓰다듬으며
염장된 영혼들의 정적이 선율로 흐르는
강가의 가트

불을 피워 신을 부르는 만트라경 독송 소리는
영혼의 냄새 같은 향초 연기와 뒤섞이고

삶과 죽음은 무엇인가? 라는 싱거운 질문과
한 줄기 연기 같다는 무책임한 대답처럼
내일 같은 어제와 어제 같은 내일 사이에서
일출은 안개 속에 묻혀 보이지 않고

마구니들에게 살을 다 내주어 갈비뼈가 도드라진
수행자 하나

자신의 마지막에 대해 신의 언질을 받은 듯
빈 나무 의자처럼
강가에 가부좌 틀고 앉아 있었다

* 가트: 힌두교의 창조신 브라마를 기리는 의식 '아르띠 뿌자'가 열리
  는 강가 계단.

타지마할의 그늘에서

빛이 없으면 보석은 반짝일 수 없고
사랑도 반사되지 않으면 돌멩이 같을 것이다

누가 사랑은 따뜻한 거라 했던가
땀과 눈물의 영혼이 깃들어 있는 한
사랑은 차가운 것이라고
모서리끼리 껴안고 건너온
슬프고 허무한 천년의 시간을
타지마할은 그늘로 말한다

해가 뜨고 질 때 유난히 아름다운 이유는
사랑은 싹틀 때와 마무리될 때가 절정이며
흐리거나 맑을 때 색을 달리하는 건
사랑은 변화무쌍한 거라고
특히 노을빛에 더 영롱해지는 까닭은
그리움이 활짝 피어나기 때문이라고
차디찬 말들이 가슴을 쓸고 지나갔다

누군가의 빛을 받으면
나의 영혼도 영롱해질 수 있을까?

나도 누군가를 반짝이게 하는
빛이 될 수 있을까?

천년의 역사를 기억하는 아무르 강가에 앉아
시공을 거슬러 보는데
양지에서 그늘로 저물어 가는 것이
생의 여정이라며
첨탑 그림자는 점점 강물을 덮어 가고

보석으로 져간 이들의 심술인 듯
불현듯 명치 아래가 아려와
슬쩍 훔쳐 가려 품에 숨겼던 몇 줌의 빛을 꺼내
강물에 던져 버렸다

여명

탁발 행렬이 일상화되어 있는 루앙프라방* 도심의 낡은 가로등 불빛 아래 나뭇잎으로 싼 찹쌀밥과 과자를 무릎 위에 차려 놓고 옹기종기 열 지어 탁발승들을 기다렸다.

공양물 파는 수레 장사꾼들이 미리 깔아 놓은 등받이 없는 플라스틱 의자는 황금사원의 부처님 앞에 꿇어앉은 원숭이 형상처럼 절로 공손한 자세를 취하게 하였다.

시주꾼들은 탁발승에게 자비를 구걸하고 탁발승은 시주꾼들에게 공양을 구걸하는 상호 물심 교환을 체험하려는 기대가 밥 냄새처럼 구수하게 익어갈 무렵 주황색 물길의 탁발 행렬이 새벽 공기를 밀어내며 느릿느릿 흘러 들어왔다.

행렬의 선두에 선 나이 든 승려는 메콩강물처럼 무덤덤하게 앞만 보고 다가왔지만, 끄트머리에서 제 키의 반만 한 뚜껑 덮인 발우를 들고 뒤따르는 앳된 동자승의 눈에는 아직 잠이 달려 있었다.

무릎 꿇고 두 손으로 공양을 시주하는 이들은 간절한데 얻어 가는 이들은 일상처럼 무덤덤하여 절로 질문이 부록처럼 일었다.

궁금증이 입안에서 물소고기처럼 계속 씹혔지만, 탁발승들은 어차피 네 것도 내 것도 아니라는 듯 눈빛도 주지 않았다.

탁발 행렬이 썰물처럼 지날 때까지 아무 거리낌없이 길 복판에서 눈을 지그시 감고 배를 드러낸 채 널브러져 있던 개 한 마리, 탁발승이 슬며시 놓고 간 밥 덩이를 당연한 제 몫인 듯 먹었다.

새벽녘을 훤히 밝히다 동이 트면서 빛 잃은 가로등처럼 품고 왔던 기대는 일상의 작은 소망처럼 희미해졌고, 어디선가 쓸쓸하고 담백한 참파 꽃**향기가 났다.

* 루앙프라방: 라오스의 대표적인 역사와 전통의 관광 도시로 매일 아침 탁발승들의 행렬로 유명함.
** 참파 꽃: 라오스 국화.

부처님의 신발 한 짝

탓루앙 광장사원* 가장자리
사원의 집채만 한 와불 한 분
신발을 앞에다 내어 놓고
석가모니 부처님 열반 들 때 자세로 누워 있었다

오른쪽 왼쪽 분간도 안 되는, 나막신같이 생긴
부처님 이승 다녀간 흔적 담았다는
거대한 돌 신발 한 짝

다른 한 짝은 어디 두었는지
발자취를 온전히 담아내지 못해 한쪽만 만들어 놓았는지
저 신발처럼 무거운 마음 끌고 수행의 길 갔다는 건지
한 줄 해명도 없이

깨달음을 얻기 위해 지켜야 하는 계율의 개수 같던
루앙프라방 푸씨산**의 328 돌계단이나
탐남 동굴*** 미로처럼

궁금증은 짚을수록 자꾸 꼬불꼬불해지고

호기심도 지칠 무렵,
뒤뚱뒤뚱 걸어온 우리처럼 당신의 삶도 마찬가지였을 거
라고
넘겨짚으며
새 신발 신고 우리를 다시 니르바나로 이끌 날 기다려 왔
는데
덩그러니 놓인 신발 안에는 시주 대신
신심 옅은 행려자들의 욕망만 쓸어 담고 있느냐고
투덜대며 되돌아 나오는데

참된 수행은 머리와 손으로 하기보다 발로 하는 거라고
다녀가신 고난의 길을 기억하는 신발이
집사처럼
부처님 대신 한 말씀 죽비처럼 건네자
모로 누운 부처님이 살짝 실눈길을 주었다

순간, 전날 풍등에 마음의 짐을 실어 날려 보낸 뒤
가벼워져 있던 몸이

신발 한 짝 잃어버린 듯 난감해지면서
신발 한 짝으로 버티며 지나온 날들이
발에 밟혔다

* 탓루앙 광장사원: 부처님의 골반 사리가 안치된 라오스 비엔티안의
  대표 관광지로, 위대한 황금탑으로도 불림.
** 푸씨산: '신성한 산'이라는 뜻.
*** 탐남 동굴: 방비엥의 석회 동굴.

얌드록쵸 호수*

무엇을 위해 기도하고
어떻게 얻을 것인가

세상은 청백적녹황 다섯 빛깔로
믿음은 적홍백 세 가지 색깔로 설명하지만

복잡하고 다난하다는 모든 삶도, 실은
제각기 마음대로 그린 그림일 뿐

세상사 희로애락
남색과 회색으로 단순 요약할 수 있다고
진하게 추상하는 얌드록쵸 호수

* 해발고도 4,441m에 있는 티베트의 3대 신성한 호수 중 하나인 성지
  순례 명소.

낙타는 아는 듯했다

사막을 이해하려면 고독을 즐길 줄 알아야 한다는 가이드의 말을 듣고 원치 않는데 속아 산 물건처럼 외롭지 않으려고 뒤처지지 않으려고 더불어 달려온 시간 되돌려 주고 다시 나의 시간으로 무르고 싶은 생각이 났다.

체로 거른 듯한 모랫길을 걸으며 아내가 '이런 사막도 아주 오래전에는 바다였다는 사실이 믿기지 않는다'라고 말했다.

우리가 가는 이 길도 예전에는 꽃길이었을 수 있다고 위안하며 모래산 표면이 물결 모양을 짓고 있는 것은 파도를 기억하기 때문이라고 우스갯소리를 했다.

태어나 사막을 벗어나 보지 않아 세상이 온통 사막인 줄로만 알고 모래로 쌓은 길과 집에 길들어 있다가 땅을 향해 자꾸 휘어져 가는 나이에 들어서야 가짜 해와 종이 달과 네온사인을 별인 양 헤아리며 낙타처럼 걸어온 지난날이 모래알처럼 씹혔다.

형색이 너덜너덜하게 털갈이 중인 쌍봉낙타를 타고 아내

와 나란히 사막을 걸어가며 지금은 상실의 시간이 아니라
생의 봄을 위한 갈무리 시간이라고 억지 부려 보는데 우리
를 태우고 무심하게 가던 낙타가 갑자기 머리를 흔들며 투
레질했다.

별맛이 짭짤했다

낮 동안 시선을 끌고 다녔던 색계를
노을이 이끌고 사라지자
함박웃음 같은 무색계가 펼쳐졌다

그 어떤 유혹에도 길들지 않고
수십 광년 건너 찾아온 별마중을 하기 위해
양처럼
몸을 낮추고 눈 귀를 키우는
몽골 대평원의 밤

소금 맛 나는 바람결로 별을 닦으며
새벽을 기다리는데

세상의 밑그림이 바뀌자
막연하게 떠돌던 지상의 거짓말들도
하나둘 실체가 드러났다

혹시 그대도 별자리를 노리시나요?
별들이 내게 물었다

세상의 거짓 중 으뜸은
높이 솟으려는 이들이 아니라
낮게 사는 이들에게만 내어 준다는 걸 잊고
서로 별자리 차지하려
별꼴로 세상을 얼룩지게 하는 것이라고

온 세상 사람 모두 별이 되려 하더라도
그대는 별 바라기로 남으라고
말 없는 내게
별들이 귀띔했다

하늘의 별자리도 영원하지 않은지
지상에서 별로 뜨려다 지는 사람들처럼
자리다툼에서 밀려나 땅으로 되돌아오는
유성이 보였다

마테호른*

신이 인간에게 내리는 복음을
맞아들이는 요령 알려거든
흘리는 말씀 하나라도 놓치지 않으려고
작은 낌새에도 새벽처럼 귀를 세워
경적마저 끊고 나지막이
양의 눈으로 산그늘에 다가앉은
체르마트** 사람들 곁에 가보시라

거대한 금빛 나팔로
알프스를 깨우는 여명이었다가
진종일 알프스를 지키는 알프호른이었다가
밤이면 별빛의 미끄럼 놀이터가 되는
마테호른 아래로 가서
신의 말씀 내려오는 길을 보시라

낮은 소리가 멀리 간다는 걸 일찍이 알아낸
알프스 목동들의 지혜가 고여 있는 이곳에서

양가죽처럼 부드럽고 질긴 서로의 믿음을 걸고
신과 사람이 어떻게 더불어 사는지
한번 눈여겨보시라

잉크보다 더 파란 다섯 덩이
벼루 같은 호수에 마음을 찍으면
희망보다 더 깊은 사랑 한 줄 절로 써질 것 같은
체르마트에 가서
지상에서 가장 큰 나팔이 내리는
가장 낮은 소리 한번 들어 보시라

* 세계 3대 미봉 중 하나인 해발 4,478m 알프스 명소.

** 스위스 최고봉인 몬테로사 등 알프스에 둘러싸인 해발 1,608m 고원
  마을.

돌로미티*의 암봉

버리고 또 버리고
깎고 또 깎이다 보면
자존심만 남지 않으랴

한때 영웅이 되려 했던 이들 죄다 낭패당했다고
거스르고 대드는 게 얼마나 위험한 짓인지 알라고
몸 낮추어
고분고분 순응하는 법 이르는
물망초 별노랑이 지면패랭이
작은 입으로 종알거려도

여럿 뭉치면 무엇이 두려우랴
우리는 깎일수록 더 날카로워질 따름이라고
하늘 향해 날 세워 덤비고 있는
알프스 돌로미티 암봉들

* 거대하고 기이한 암봉으로 유명한 이탈리아 북부 알프스 지대.

홈 또는 홈(home)

둥글기만 해서 잘 굴러가는 건 아니다
미끄러지지 않기 위해서는
서로 잘 잡아야 한다

바퀴가 땅을 꽉 안을수록
길 가는 힘은 커지는 법이다

톱니바퀴가 레일을 붙잡고
알프스를 오르내리는
융프라우 산악열차처럼

달그락거리면서도
빈 곳 내어 주고 받아들이며
서로 꽉 잡고
거뜬히 40년을 건너온
어느 부부의 한 생

우기_{雨期}

자동차 오토바이로 북새통 이루던
달랏* 도심 야시장
오후 다섯 시가 되자마자
자동 접이 우산처럼
노점 시장이 펼쳐졌다

갑자기 쌀국수 면발 같은 소나기가 퍼붓자
고치 굽고 열대 과일 팔던 행상들이
펼 때처럼 가판대를 접었다

행인들 발걸음 소리는 빗소리가 지워 가는데
야시장 귀퉁이
제 몸집만 한 우산 밑에
플라스틱 컵에 담긴 딸기처럼
볼 붉은 여자아이 하나
정물처럼 앉아 있었다

당일 다 팔지 않으면 상할

생과일을 팔고 있었다

* 해발고도 1,500m인 베트남 남부 관광 도시.

번뇌의 바다에 뜬 반야용선대*

광활한 포구다
삶에 지친 이들
삿된 번뇌로부터 극락정토로 건네주는
반야용선의 선창이다

지혜의 화신이요 자비의 법신이다
일천오백 년을 한결같이
고해苦海에서 해인海印으로
용선의 뱃머리를 이끈
화엄의 등정각자等正覺者이다

천축의 땅 건너오듯
화왕의 불기운 광배 삼아
옥천의 물소리 가사 삼아
깨달음에 무슨 말이 필요하냐며
사귀 여덟모 기단에
염화의 미소로 나투셔서는

동東으로 몸을 두신 까닭 거푸 물어도
너 가고자 하는 길이나 알아보라고
회광반조**로 답하시는
적묵의 여래

* 통일신라 8대 사찰 중 하나인 창녕 관룡사 경내에서 500m 위에 자리
한 용선대에 석조석가여래좌상(보물 제295호)이 있다.

** 회광반조回光返照: 참나를 다른 데서 찾으려 하지 말고 자기 자신을
돌아보고 찾으라는 말로 불교에서 선을 수행하는 하나의 방법이다.

정취암* 쌍거북바위 곁에서

원통보전에 예 올리고
절벽을 타고 올라 쌍거북바위 곁에 앉으니
정취보살 금방 다녀가신 듯 바윗돌은 따뜻하고
삼성각 앞에 매단 금박의 보리수 소원지와
거북 등에 따개비처럼 붙여놓은 시주 동전 쓰다듬는
봄바람도 세심대 건너온 측은지심이다

절집 오르는 꼬부랑길처럼 밀고 떠밀리고 뒤틀리며
깊어진 삶의 여울을
누가 섣불리 정진이라 불렀던가

세상에는 몰라야 보이는 것
알고 있다는 거짓이 빚어낸 이름들이
얼마나 많으냐고
벼랑 진 화법으로 설법하는 관음보살

지나온 길 앞으로 가야 할 길 모두 굽이져 있다고
산다는 게 결국 누가 누구에게 진 빚 갚듯

누구의 빛이 되어 주는 거라고
백 년 넘은 공력으로 이순耳順의 물목을 품어 주는
독야청청 늙은 소나무 그늘

얇고도 순하다

* 정취암: '절벽 위에 핀 연꽃'이라는 수식이 붙을 만큼 기암절벽 사이
  에 자리한 경남 산청군 신등면 대성산의 사찰.

엎드린 부처*

경주 남산에 가면
아무에게나 절하고 싶어진다
돌이나 나무나 새마저
부처처럼 보여서이다

남산 열암곡 마애불상
연화대좌 버리고
육신을 던져 돌덩이로 돌아가서
공경은 오체 오감으로 접신接神하며
성심으로 예 올리는 것이라고
가르치고 있다

법신法身인 대지에
무릎 꿇고 허리 굽혀 경배할 수 없으니
차라리 육신肉身을 엎은 것이다

일찍이 뜻을 같이하여
머리를 버렸던 석불좌상

부처로 되돌아간 모습이 머쓱한 듯

항마촉지인으로

곁에서 정좌하고 있다

적묵의 그늘

어느 석공의 원력으로
삼천대천 니르바나 떠나
이 야단에 맨발로 발현發現하셨을까?
어떤 불심이 조석으로 꽃 올리고 향 살라
하화중생의 영험을 일으키셨을까?

산새 소리 대좌 삼아
솔바람 소리 광배 삼아
빈 듯 찬 듯 돌고 돈 스무 갑자의 세월

천년도 찰라
마삭줄처럼 뻗어도 마음 닿지 못한
몽매한 업장들 바위솔처럼 피어나
보일 듯 말 듯
어룽한 모습으로 기꺼이 나투셔서

번뇌가 모름지기 보리菩提이니라*

들릴 듯 말 듯 무상의 법어로
어두운 사바 향해 유심정토를 설하시는
적묵의 세 성자**

* 석가모니 부처님의 말에서 빌려 옴.
** 함안군 군북면 방어산 마애사 소재 여래삼존입상(보물 제159호).

풍장風葬
−구형왕릉[*]에서

누가 당신 이름 앞에 비운悲運이라 써 놓고
아직도 돌무덤에 가두어 두고 있는가
화개골 끝을 지나, 당신
천화遷化^{**}의 길 떠난 지 오랜데
풀씨 하나 품지 못하는 일곱 계단 행간
천오백 년의 전설 위에 무얼 더 얹으려
그늘에 잠든 당신을 호명하는가
어깨걸이 느슨한 막돌들의 폐허 위로
물증은 허물어지고 심증만 쌓이는데
역사의 무대에서 퇴장하는 가락의 뒷모습처럼
가을바람은 스산하고
당신 가신 길 알 리 없어
두 눈 멀뚱한 석수 한 쌍
어눌한 문장처럼 입구를 안내하는
쌍무지개 다리 밑으로
왕산 발원 물소리만 분주하네

* 구형왕릉: 경남 산청에 있는 가야 마지막 왕의 능으로 전해 오는 신
  비한 돌무덤.

** 천화遷化: 임종을 앞둔 고승이 홀로 깊은 산중에 들어 생을 마치는
  것.

깟깟 마을 사람들*

하늘의 베풂 하나도 놓치지 않으려는
지혜이다
서로 나누며 살겠다는
땅으로부터 배운 어짊이다

조그맣고 잘게 나누어
벼랑 지지 않으려는 요령으로
넉넉하지도 모자라지도 않게
다랭이 논밭 일구며

울타리 없이 살아가는 소나 오리 닭처럼
가끔 하늘 올려다보며 고개 숙여 살아가는
마음 비탈진 곳 없는 사람들

느린 보폭으로
고산지대에서 나지막이 사는 흐몽족은
모계사회다

* '베트남의 스위스'라 불리는 북부 사파 고산지대에서 계단식 논밭을
  일구며 살아가는 소수민족.

제4부　아버지의 시간

아내의 해방

아내와 더불어 10년 동안
오지 여행을 다녀왔다

산행에 익숙한 나는 앞서고
겁이 많은 아내는
늘 내 뒤를 따랐다

험한 길 걷는 데도 익숙해진 아내가
요즘은 자주 나를 앞서가겠다고 한다

힘들지 않겠느냐고 괜찮겠냐고 물었더니
그동안 뒤를 따라만 가다 보니
당신 배낭만 보고 여행 다닌 것 같다고 했다

지난 40년을 그리 살았다고 항변하는 듯해서
이제는 아내도 확 트인 풍광을 즐기라고
얼른 자리를 바꾸었다

아내의 나이가 드디어
예순다섯을 넘었다

헝클어진 신발

신발이 길이다
목적지에 닿으면 새길 가듯
역할 다하면 바꾸어 신는 길이다

머리와 손
눈코입귀는 속일 수 있지만
발은 정직하다고
몸으로 마음으로 살아온 여정일지언정
우리는 족적足跡이라 부른다

삶은 물고기 헤엄질 같은 거라서
물살을 타기도 거스르기도 하지만
목적지를 추적해서
나를 지금껏 몰고 이끌고 밀고 다닌 근원은
지느러미 같은 발뒤꿈치의 힘이다

산다는 것은 오고 간다는 것
오고 가는 것들은 모두 신발을 신었다는 것
맨발로는 건널 수 없는 세상이라
신발 없이는

오도 가도 못 하는 사람들

적막에 기댄 저녁
내일은 또 어디로 데리고 갈지
아무리 조심해도
나를 빠트릴 곳 세상에 널렸는데

오늘 하루 헤맨 족적처럼
함부로 벗어 놓은 신발 두 짝

데리고 가야 할 곳 예감시키듯이
서로 다른 방향으로 놓여 있다

그리운 꼬부랑길

꼬불꼬불 에두른 고향길
어릴 적 철없이 헤어진 그 길 다시 걷고 싶네
넝쿨에 열린 호박같이
탯줄처럼 꼬부랑 길 물고 있던 마을들
밥 짓는 연기마저 꼬불꼬불해서
집집마다 사랑이 호박꽃처럼 익어 가던

넝쿨손 맞잡으면 힘든 날도 든든하던
꿈틀거리던 그때 그 길
호박넝쿨 배밀이 하듯 가면
마음도 절로 휘고 꼬불거릴 것 같아서

꼬불거리거나 살랑거리는 것들 만나면
오랫동안 곧은길 가느라 뻣뻣해진 마음도
흔들리며 헐겁게 풀릴 것 같아서

세상 곳곳에는
수많은 등불이 깜박이며 오라 손짓하지만
모두 언제 가 닿을지 아득한 것들뿐

어지럽게 헝클어져 있는 것들 만나면

세상은 태초부터 질서정연한 적 없었다고

스스로 타이르며

초등학교 입학 전 아버지께 한글 배워 익히듯

날고 기는 것들 소리 흉내 내며

달팽이 걸음으로

가다가 쪼그려 앉아 쉬다가 또 가며

세상의 모든 빠른 길

머리에서 지우고 싶네

아버지의 방울

술을 많이 드신 날이건 가볍게 드신 날이건
얼마나 드셨어요 물으면, 아버지는
딱 한빨* 했지, 하셨다
집에 손님이 찾아오거나 일하다 출출하실 때도
술 한빨 내오라고 하셨다

세상살이 크고 작은 일도
하나의 방울로 요약하시던
아버지

매번 다르면서도 같은 주량처럼
큰 날 작은 날 있었지만, 아버지가
나보다 작게 보이는 날은 없었다

어느 날
니가 너그 아부지만치만 됐으면 좋겠다
하시는 어머니 말씀 듣고부터
나는 방울을 아버지보다 더 키우겠다고 작심했다

어느덧 아비가 되어 자식 낳고 키우면서
아버지보다 방울을 키울 게 아니라
내 새끼보다 작아선 안 되겠다고
목표는 바뀌었다

버겁게 느껴지던 그때 아버지의 나이가 되어갈 무렵
아버지는 결국 방울 크기 잴 기회를 주지 않고
내가 찾아가 견줄 수 없는 곳으로 떠나셨다

늘그막이 바지 앞춤을 적시던
오줌 방울처럼
아버지의 흔적으로 나의 곳곳은 얼룩져 있는데

아버지의 방울을 워낭소리 삼아
다섯 방울로 나누어져 뿔뿔이 살아가고 있는 형제들은
아버지의 제삿날마다 모여 방울 얘기를 하며
일 년에 딱 한 번
아버지와 한 방울이 된다

* '한 방울'의 경상도 방언.

힘 또는 짐

결혼 무렵 아내와 나는
성격도 외모도 무척 달랐는데
알 만한 사람도 요즘
'둘이 많이 닮았네' 한다

40년 가까이 살며
좋을 때는 힘 미울 때는 짐이거니 했는데
짐과 힘이 엉켜 서로의 몸에 밴 모양이다

손자가 태어나면서 분가할 것 같던
아들 내외가 계속 함께 살겠단다
경제적 여건을 고려한 속내를 모르는 바 아니지만
손자 재롱에 길든 아내는 힘들어도 좋단다

돈과 시간에 더는 구속되는 게 싫어
정년퇴직 후 밥 버는 일 멀리하는데
아직은 뭐든 맡아야 힘이 되지 않겠느냐며
후배들이 채근할 때마다 나는 짐이라고 손사래 친다

바깥세상 돌다 느지막이 다시 돌아가려는데

고향은 나를 품을 듯 말 듯 짐스러워하고 있다

나는 과연 이들의 힘인가
아니면 짐인가

딱히 짐이 없어도 늘 지게 지고 들에 나가시던
할아버지께서 성못길에 답을 주셨다
몸에 배면 짐이 곧 힘이 된다고

탑에 이마를 대고

천년의 시간을 염력으로 건너온 탑의 이마에
예순의 시간이 저절로 쌓인 이마를 대고
말을 기다린다

버거운 짐 지고 나르느라
제대로 누워 쉬지도 못했다고
참말로 애썼으니 이제는 부려 놓아도 된다고
천년 다물었던 입 열어
여물같이 다독여 줄 말을 기다린다

결기 세워 달음박질칠 일 없다고
이제는 쉬엄쉬엄 가라고
채찍 대신 안녕하게 이끌
고삐 같은 말을 기다린다

잊어버려도 좋았을 한때의 사랑도
미련 없이 떠나고 싶던 청춘의 설움마저
고임돌 되어 튼튼해진 한 생의 탑 앞에
착한 신도가 되어
차 공양이라도 올리고 싶은

이순의 시간

천년을 윤회하는 동안
한 번은 안았을 법한 인연을 수소문하면서
탑에 이마를 대고
차갑게 말을 기다린다

채찍에 굴복했던 시간에 용서 구하며
얻기보다 바치게 해달라고
다시 천년을 무너지지 않고 버티게 해 줄
열린 말을 기다린다

부자라 말한 적 없다

어머니는 우리 육 남매 앞에서
한 번도 우리 집이 부자라고도 가난하다는 말도 하지 않
으셨다
남의 걸 욕심내거나 돈 빌리러 다니는 일 보지 못해
우리는 다 커서까지 우리 집이 부자인 줄 알았다
옷이고 양말처럼 살림살이도 덧대고 깁고 꿰매며 사신
어머니는
부자로 사는 것보다 잘 사는 게 중요하다는 걸
몸소 가르치고 싶어 하신 듯했다
아버지는 늘 섬이나 가마니에 있을 때 아껴야지
뒷박에 든 곡식 아끼려 들어 봐야 소용없다 하셨다
잘 사신 아버지 어머니 둔 덕에 우리 육 남매는
돈은 별로 없었지만 잘사는 집 아이로 자랐다
대구 도심에서 돈 걱정 없이 자란 아내가 결혼 뒤
그래도 시골에서는 꽤 부잣집인 줄 알았는데
너무 가난해서 놀랐다고 했다
나는 우리 집이 부자라고 말한 적 없다고 항변하려다 참
았다
아들이 한날
우리 집은 잘사는 것 같은데 왜 돈은 없느냐고 투덜거

렸다

　내가 언제 우리 집이 부자라 말했느냐고

　삿된 생각을 꾸짖으려다 참았다

　그때마다 잘 사는 건 가르치는 게 아니라 느끼는 거라

하신

　아버지 말씀을 생각했다

읍내 가는 버스를 기다리며

지금 나는 읍내 가는 버스를 기다리고 있다
매표원도 없는 고향 마을 앞 버스 정류장에서
아무래도 오래전 내가 떠난 곳과 너무 달라서
승용차 내비게이션만 믿고
돌아오는 길 잘못 든 것 같아서

대구로 공부하러 떠나던 날
차부 배웅하시던 엄마도 만나야 하고
모내기 하다 손 흔들며 반기던 용판이 아재도
버스 꽁무니를 흙먼지 뒤집어쓰며 따라 뛰던 친구들도
댕기머리 달랑대던 미숙이 가스나도 봐야 하고
동네 어귀 우물가에서 경주댁 큰아들 왔다고
왁자지껄 반겨 주던 아지매들한테 눈인사라도 해야 해서

건망증으로 뭐 하러 왔는지 깜빡 잊었을 때
왔던 길 되돌아 가보면 다시 생각나듯이
유년 가는 읍내 버스 타고 떠나보면
돌아오는 길 알 수 있을 것 같아
늘 정해진 시간에 도착한 적 없고
고장 나면 아무런 통보 없이 끊기던

읍내 가는 버스를 기다리고 있다

달구지 덜컹대던 신작로 따라
큰 소리로 오라이 하던 차장 누나 물컹한 가슴에 떠밀리
면서도
선듯선듯 버드나무 가로수가 필름처럼 지나가던 그 길
가보면
다시 돌아오는 길 알 수 있을 것 같아서
나는 지금 조바심 내며 읍내 가는 버스를 기다리고 있다

녹슨 자물통

여든다섯 종손 어른
요양병원 구급차에 실려 간 지도 일 년
둘이 서로 등 기대며 지키던 종갓집
늙은 자물통 혼자
대리주인 노릇하고 있다

비밀번호도 오래전부터 비밀을 잃고
헐렁하게 뚫린 구멍
녹으로 메우며
기다림만 우체통에 쌓인 고지서처럼
이골난 듯
삐딱한 대문 지키고 있다

소나기가 두드려도 기척 않고
통행이 허락된 건 오로지
바람과 낙엽 몇 낱뿐

지나온 길보다 가야 할 길 더 길겠냐며
무성해진 잡풀 더미로 주인의 부재를 가리며
잃을 것 없어 보여도

지키는 일만큼 더 중한 일 없다면서

더 달릴 일 없어진
행랑채에 기대 둔 자전거랑
무념무상으로 종가를 지키는
검버섯 핀 자물통 하나

내 아내의 이름은 꼭지다

무릇 모든 열매가 꼭지의 힘으로 나무에 매달리듯이
꼭지로부터 공급하는 양분으로 자라고 씨앗을 익히다가
마지막 운명을 함께하듯이
우리 식구들 건사는 아내의 몫이다

꼭지가 힘이 없으면
열매가 병들고 물러져 설익은 채 떨어지듯이
우리 집에서 아내의 역할은 막중하다

모든 이름과 명예를 열매에 양보하듯이
호주도 세대주도 아니고
딸 많은 집안의 떨이 같은 이름이지만
우리 집 튼튼히 지키며 가꾸고 있는
탯줄 같은
내 아내의 이름은 꼭지다

가로등

키다리 외눈박이지만
누구에게나 고개 숙이지만
아무에게나 허리 굽히지는 않는다

세상의 모든 소리 귀에 담지만
소문내지는 않는다

밤중에 홀로 서 있어도 무섭지 않은 까닭은
아무에게도 해코지한 일이 없기 때문이다

어머니를 기다리며

초등학교 다닐 때 어머니 학력란에
일제 때는 존재하지도 않았던
국졸이라고 적어 냈다

글자 근처에 얼씬거릴 기회조차 없어
어머니는 까막눈이었지만
세상의 모든 이치 다 꿰뚫은 듯하여
단지 무학이라고 적는 것이 억울해서였는데

단 한 번 환갑 때 아버지와 여행 다녀왔을 뿐인
아무런 연고도 없는 경주댁으로 평생을 살다 가신
여전히 내 초등학교 학적부에는 국졸이라고 위조되어 있
을
어머니

숫자를 읽을 줄 몰라
같은 아파트 살던 동생 집
한나절 찾아 헤매시던 그날처럼

좋아하시던 쌀밥과 조기 한 손 제상에 올려 놓고

읽지도 못하실 지방을 써 붙여 놓고
마음 졸이며 기다리는
어머니 기일

고양이 집사

시골 고향 집 가면 고양이 두어 마리 마중을 한다
아내는 싫다며 손사래 치지만
그때마다 녀석들은 잠시 자세를 틀었다 다시 뒤돌아 나와
나와 눈빛을 나눈다

집을 비운 사이
마당에 잡풀이 몇 종류 몇 포기가 돋았는지
화단의 할미꽃이 몇 송이 폈다 졌는지
목련이 저 혼자 꽃 잔치를 어떻게 치렀는지
이 틈에 벌나비는 몇 마리나 날아와 제 몫을 챙겨 갔는지
봄바람이 송홧가루를 몇 옴큼 문 앞 배달하고 갔는지
저를 고용하지 않고는 알 수 없는 고급 정보라는 듯이
눈알을 반짝이며 구구절절 일러바친다

됐다고, 그치라고 해도 품삯을 받지 않고는
자리 뜰 기미를 보이지 않으니
아내가 시장에서 사 온 생선을 다듬고 남은 대가리를
던져 주었다

고양이 집사는 당연한 대가인 양 덥석 입에 물고

할아버지 같은 구부정한 어깨로
어슬렁어슬렁
어딘지 알 길 없는 집무실로 돌아갔다

목련은 지지 않았다

꽃봉오리가 열리기 직전
시골집 마당 목련 가지를 자르고
비염에 좋다 해서 꽃봉오리를 따 볕에 말렸다

지난겨울 온전히 건너온 염력 때문인지
봄볕 잘 먹은 꽃봉오리를 콧속에 넣어 본 아내는
코 안을 환히 불 밝힌 듯하다고
효험에 들떴다

한 주일 지나 다시 찾은 고향 집 마당에서
벨 때 톱날을 부드럽게 잘 받아들여 더 안쓰럽던
버려진 목련 나뭇가지를 곁눈질하다
예상 못 한 일을 보았다
채 떼다만 작은 조막손 같던 꽃봉오리들이
겨울잠 깨듯
꽃을 활짝 피웠다 달린 채 시든 것이다

꽃 피우지 못하고 간 세상의 모든 이들을 대신하듯
며칠 밤낮을 번민하며
봄비에 젖다가 한순간 활짝 펼치고는

날지 못하고 접은 날개들

몽당붓으로 아장아장 써 접은 갈색 쪽지만 같아서
목련꽃이 졌다고 말하려다
제대로 피워보지 못했던 청춘의 봄이 울컥, 목으로 차
올라
얼룩얼룩해진 마음으로 수정했다

목련은 지지 않았다

감자에 찔렸다

아내의 타박처럼

감자 한 알

오지 여행에서 주워 온 돌멩이와 나란히

서재 책꽂이에 얹어 두고 매일 지켜보는 일은

애당초 무모한 짓인지 모른다

외로움을 공유하지도

둥근 형상 통해 무슨 깨달음을 얻으려 하지도

옴팡한 실눈으로 틔우는 싹에서

연보랏빛 지혜를 배우고자 함도 아니었다

조리해 먹지 않고 물도 주지 않고

그냥 빈 쟁반에 담아 내버려 두고

쓰다 밀쳐 놓은 작품처럼 담담히 지켜본 까닭은

물도 빛도 바람도 없는 방 안에서

흙 한 줌 쥐이지 않는 그릇 바닥 더듬다가

불가항력 소멸의 길 위에서도 끝내 포기하지 않고

제 몸 녹여 얻은 기운으로 싹틔워

기꺼이 피로 쓰는 일기를 훔쳐

시 한 문장 얻어 보려는 속셈이었는데

열흘 남짓 지나는 동안 나는
감자처럼 머리를 굴렸지만
귓속말을 단 한 줄도 받아 적지 못하고
더는 맛을 지니고 갈 수 없는 절망의 끝에서
감자는 저의 사생결단을 눈요기 삼는 잔혹함을 꾸짖듯
적의 품은 눈에서 삼지창 같은 뿔을 꺼내
쪼글쪼글 뭉그러진 내 서정을 겨누었다

잊히기를 거부하고 부조리에 저항하면서
감자는 스스로 연분홍빛 승리의 관을 만들어 썼고
나는 찢어진 불온한 서정을
감자 싹과 함께 화단에 묻고 다독였다

부처님 오신 날

가까운 절에라도 갈 요량으로
무심히 옷매무새를 다듬다가
불현듯 거울 속 내가 보살로 보였다

자랄 때 함께 자라고
쪼그라들 때 함께 줄어들기도 하면서
예순일곱 해 동안 한 번도 내쫓은 적 없고
비바람 막이 추위 더위 막이 되어
한결같이 품어준 나의 집

언젠가 허물어지는 날
낡은 자루처럼 냉정하게 저를 버리고
훌훌 떠날 줄 알면서도
무소유의 길을 가는

연대에 앉혀 놓고 관욕시켜
경배 올리고 싶어지는
보살 같은 집

길든 것들만 높이 자란다

메타세콰이어 가로수가 일렬종대로 서 있다
명령에 복종하기 위해 존립하는
군인 행렬처럼
키 맞추어 서서 목을 젖히며
우렁차게 복창하고 있다

건널목 근처에서
지나가는 아이들에게 손 내밀다
항명 불복종으로 팔 잘린 왕벚나무는
상처를 싸맬 엄두도 못 내고
무장해제당한 패잔병처럼
벌서고 있다

사랑과 자유보다
길드는 법부터 먼저 배워서
키 높은 빌딩을 호위하고
도로를 달리는 자동차에 경례하며
야밤에도 눈이 부셔
별바라기 해본 적 없는
인조 병정들

춘란 한 촉

언제 무슨 일로 선물 받았는지 알 길 없는
한때는 무성한 뿌리와 잎으로
번성과 축원을 담아냈을 춘란 화분
베란다 구석에서
양초 심지 같은 촉 하나로
생명을 버티고 있다

족히 10년은 넘었을 화분을 두고 아내는
볼 때마다 마음을 찌른다고 버리자 하지만
혹시나 하며 말렸다

한때 나랑 화분을 주고받을 만큼 무성히 정을 나누다
각자의 사정 때문에 교분이 멀어진 누군가
마지막 남은 촉 하나처럼 외로이
기별을 기다리고 있을 것만 같아서

소멸과 재활의 절박함 사이에서
아직은 인연의 끈을 놓을 때가 아니라고
간절하게 가르치는 듯해서

어쩌면 마지막 한 촉의 염력이
다시 인연을 이어줄 것 같기도 해서

화분과의 결별을 미루고 있다

반송시장 간다

세상에 흥정하는 맛이 없을 때
맛 사러 반송시장 간다
마수걸이 우수리 떨이 사러 반송시장 간다
첫물이니 직배니 유기농이니 자연산이니
온갖 구실로 흥정하게 하다가
서로 수지타산 맞게 거래하는
민주적인 전통시장에 민주를 배우러 간다
한 줌 더 얹어주는 콩나물 가게에서
부처님 가르침 한 봉지 사고
어묵 떡볶이 가게에서 구약 잠언 한 구절 사고
이문 없이 판다는 과일 가게에서 논어 한 구절 사고
좌판 없는 푸성귀 노점에서
채근담 한 구절 사고
뚱땡이 김밥과 반칼* 한 그릇으로 안빈낙도도 사고
어깨 비비며 먹어야 제맛 알게 되는
생선회와 족발 한 접시로
태평성세를 누리게 하는
나는 오늘도 시詩 한 상 차리기 위해

과소비를 부추기는
만물 반송시장에 간다

* 창원 반송시장 칼국수.

출렁거리는 봄
-창녕 남지 유채단지에서

꽃 멀미해 본 적 있는가
불현듯 찾아와
헤어나기 힘들었던 첫사랑처럼

너울거리는 노랑 파도에
어지럼증 느껴본 적 있는가

물결에 쓸려 자맥질하는
해초가 된들 어쩌랴
실바람 타고 번져 오는 향기에 취한
벌 나비가 된들 어쩌랴

백 년을 건너온 녹슨 철교 위에 서면
멀어진 사랑이나 유년의 기억은
강물 따라 묵묵히 유실되어 흘러가고

설렘만 파랑처럼 일어
아무 부르는 이 없어도 귀가 커지고
눈이 환해져

부질없이 속에 채워 놓은 생각
왈칵 게워내고 싶어지는

어화둥둥
환장하고 싶어지는 4월이다

니르바나 가는 길

곰을 거꾸로 읽으면 문이 된다고
곰 사내를 뒤집으면 부처로 읽힌다고
곰이 부처가 된 내력을 설법하는
곰절*

세상에 문이나 곰처럼
다른데 같은 이름 가졌거나
같은데 억지로 다른 이름 붙은 것 한둘이랴

들든 나든 다 한 가지라고
생각을 바꾸면 모두가 하나라고
그래서 니르바나 가는 길은
찰나이기도 영겁이기도 하다고
불이不二를 가르치는 일주문 지나

얻으러 온 길을 버리러 온 길로 고쳐 읽으며
따박따박 걸어 올라가는
천왕문에서 대웅전까지

서른세 계단** 길

언감생심

도심 고급 아파트 공원을 지나가는
눈까지 덮은 털북숭이 애완견

부러워하는 행인들 시선을 느꼈는지
갑자기 한쪽 뒷다리를 번쩍 치켜들고
비장하게 오줌을 누었다
어딜 함부로 넘보느냐는 듯

멋스럽게 치장한 아파트 단지를 올려다보며
나도 슬쩍 탐심이 공갈빵처럼 부풀어
오줌이 마려워지고
다리가 들썩거렸다

언감생심 하지 말라는 듯
마로니에 가로수가 잎을 떨어뜨려
애완견의 오줌 흔적을 덮으려는데
때마침 불어온 바람이
낙엽을 굴렸다

아무도 뭐라 하지 않는데

초점 흐린 영상처럼

혼자 머쓱해지는

立冬 건너 小雪 가는 길이었다

삼매 든 보살

외양간 소 한 마리
단전을 편히 한 채
시선을 지긋이 떨구고
선에 들어 있다

생각도 이렇게 씹고 또 씹다 보면
참맛을 알게 된다는 듯
먹이를 반추하며

가끔 날벌레가 잡념처럼 몰려와 왱왱거려도
꼬리를 수행자의 총채처럼 슬슬 흔들거나
두 귀를 번갈아 팔락이거나
머리를 흔들어
요령처럼 워낭을 울리며
보리인 듯 봄볕을 받아들이고 있다

관절에 쥐가 내리지도 않는지
한나절을 미동도 하지 않고
조는 듯 아닌 듯
성자처럼
반수면 상태로 선에 들어 있다

초파일 무렵

한 주 수련 잘 마친
수행자들의 가사 같은 옷가지들이
화두를 깨친 듯
당간지주 십자 기둥 빨랫줄에 불립문자처럼 걸려
봄볕을 쬐고 있다

개구쟁이 막내 옷은 전자체
애교 많은 둘째 옷은 예서체
든든한 첫째 옷은 해서체
넉넉한 엄마 옷은 행서체
늘 바쁜 아빠 옷은 초서체로
번幡의 경문처럼 걸려 있다

마음도 문지르고 빨면
이리 깨끗해지지 않겠느냐고
세속의 오욕칠정 털어 내는 수행의 고단함과
깨달음이 자비 광명의 염력을 받아
꼬들꼬들 익어 가는
초파일 무렵

신목神木

관해정 은행나무*가
신이 될 수 있었던 것은
소학에서 대학까지
그 많은 학문을 익히고도
아는 체 않고
수많은 남의 말 귀담아듣고도
누가 묻던
들은 얘기 소문내지 않고
오로지 제 안에
꾀로 쌓은 덕분이다

* 마산합포구 서원곡 입구 관해정 앞에 있는 수령 5백여 년 된 보호수.

이순(耳順)의 마음밭을 가꾸는 시인의 시

성선경(시인)

시는 마음을 토해 내거나 마음을 얽어매어 쓰는 양식이다. 그러니까 시라는 것은 그 마음의 표현 양식이 한 생각을 집요하게 붙들어 그 깨우침을 토해 내거나, 마음의 행로를 집중적으로 얽어매어 얻게 되는 것이다.

김일태 시인의 이번 시집에는 한 깨달음을 얻어 이를 시로 토해 내는 양식의 시들이 많아 보인다. 이러한 토로는 여행의 경험에서, 살아온 행로의 회고에서, 자신을 되돌아보고 앞으로 살아갈 지향점을 설정하는 분기점에서 빈번하게 이루어진다.

창원 반송 전통시장에서 복숭아를 고르는데 주인이
살려면 사고 말려면 말지 만지지 마소
했다
생선 가게에서 싱싱한지 보려고 뒤집다가
똑같은 말로 무안을 당했다

덜 만진 듯한 것들 골라 집에 와서
복숭아 껍질을 벗겨 보니
손자국이 닿은 곳마다 갈색으로 물러져 있고
생선도 손탄 곳마다 비늘이 벗겨져 있었다

믿지 못한 일로 혼자 민망해졌다

살려면 그냥 사고 볼 일이었는데
세상살이 흥정으로 군데군데 흠집 난 내가
손탄 시장 과일과 생선처럼
물컹하고 비릿해졌다

—「물컹하거나 비릿하거나」 전문

김일태 시인이 살고 있는 창원의 '창원 반송 전통시장'에
서 일어난 한 일화를 통한 깨달음이다. 아주 사소하게 넘
어갈 일상적인 일인데도 시인은 새로운 깨달음에 이른다.
한 깨달음이 시로 형상화된 것이다. 시인은 이러한 작은 깨
달음을 아주 중요하게 생각한다. 이러한 깨달음을 밥을 먹

는 자리이거나 술을 마시는 자리에서도 시인은 자주 거론하
는 편이다. 사소한 일상에서도 이러한 깨달음들이 빈번하
게 일어나는 것은 그만큼 시인이 깨달음의 순간을 중요시하
기 때문이다. 이런 점을 보면 김일태 시인은 삶과 시가 일
관된 삶을 사는 시인이기도 하다. 그래서 그의 시가 더 진
정성 있게 다가온다.

　김일태 시인은 나의 고향 선배이고, 대학 선배이기도 하
다. 몇 해 전 시인과 나는 '창녕'을 같은 고향으로 둔 덕에「
여기, 창녕」이라는 '창녕'에 대한 시들만 모은 2인 시선집을
함께 내기도 했다.

　　광활한 포구다
　　삶에 지친 이들
　　삿된 번뇌로부터 극락정토로 건네주는
　　반야용선의 선창이다

　　지혜의 화신이요 자비의 법신이다
　　일천오백 년을 한결같이
　　고해苦海에서 해인海印으로
　　용선의 뱃머리를 이끈
　　화엄의 등정각자等正覺者이다
　　　　　　　—「번뇌의 바다에 뜬 반야용선대」 부분

　용선대는 창녕에 있는 절 관룡사에 속해 있다. 통일신라

8대 사찰 중 하나인 관룡사 경내에 자리한 용선대에는 석조
석가여래좌상이 있다. 관룡사에는 관룡8경이 유명한데 용
선대도 그중 하나다. 이 용선대에서 소원을 빌면 꼭 한 가
지는 이루어진다는 전설이 있기도 하다.

관룡사는 창녕에서 가장 유명한 절이기도 하거니와, 소
원을 이루어주는 영험함이 있다 하여 한때 고등고시를 준비
하는 많은 고시생이 머물기도 했다.

그래서 관룡사는 창녕 사람이라면 누구나 한 가지쯤 추
억들을 가지고 있다.

매번 다르면서도 같은 주량처럼
큰 날 작은 날 있었지만, 아버지가
나보다 작게 보이는 날은 없었다

어느 날
니가 너그 아부지만치만 됐으면 좋겠다
하시는 어머니 말씀 듣고부터
나는 방울을 아버지보다 더 키우겠다고 작심했다
　　　　　　　　　　　　　　　—「아버지의 방울」 부분

초등학교 다닐 때 어머니 학력란에
일제 때는 존재하지도 않았던
국졸이라고 적어냈다

글자 근처에 얼씬거릴 기회조차 없어

어머니는 까막눈이었지만

세상의 모든 이치 다 꿰뚫은 듯하여

단지 무학이라고 적는 것이 억울해서였는데

—「어머니를 기다리며」 부분

　누구에게나 고향은 중요한 의미가 있겠지만, 김일태 시인에게 고향은 남다른 의미를 가진다. 그리고 그 중심에는 항상 부모님이 계신다. 학식이 높거나 특별히 뛰어난 분이거나 하지는 않은 평범한 농부이셨던 부모님이지만, 시인에게는 이 세상에서 가장 높은 분이시며 닮고자 했던 분이었다.

　"어느 날/ 니가 너그 아부지만치만 됐으면 좋겠다/ 하시는 어머니 말씀 듣고부터" 김일태 시인은 자신이 어떤 사람이 되어야 하는지 깨달음을 얻는다. 정말 못해도 아버지만한 사람은 되어야겠다는 결심을 한다. 이 또한 한 깨달음에 이른 생각이다.

　어머니에 대한 생각도 마찬가지이다. "글자 근처에 얼씬거릴 기회조차 없어/ 어머니는 까막눈이었지만/ 세상의 모든 이치 다 꿰뚫은 듯하여/ 단지 무학이라고 적는 것이 억울해서" '국졸'이라 초등학교 학적부에 위조했지만, 시인의 어머니는 세상의 모든 이치를 깨친 분이셨다.

　나는 김일태 시인의 생가에서 일박한 적이 있다. 생가는 동네 한가운데 있는 아주 따뜻한 곳이었다. 생가로 들어가는 입구에는 커다란 느티나무가 서 있었고, 집터는 보통 농가 주택이라 보기엔 평수가 무척 넓었다.

마당 한 귀퉁이엔 시인의 출생 기념으로 심은 나무가 있었고, 사랑채엔 부모님이 쓰시던 옛 물건들이 보관되어 있었다. 생가를 들러 보며 김일태 시인이 갖는 집안에서의 위치가 느껴졌다.

김일태 시인은 집안의 장손이다. 나도 또한 집안에서 장손이기에 서로 통하는 점이 많다. 핵가족 시대로 변해 가는 지금, 장손이 다 뭐냐 하겠지만 아직도 농촌 정서에서 장손은 집안의 기둥으로 이런저런 감내해야 할 일들이 많다.

그래서 그런지 김일태 시인은 후배들을 잘 거둔다. 나도 이런저런 조언이 필요할 때면 시인을 찾곤 한다. 김일태 시인의 이런 넉넉한 품성은 나에게 매우 고맙고도 중요하다. 시인의 이런 태도를 본받고자 하는 나도 시인을 따라 덩달아 마음이 풍요로워 지게 된다. 새로운 사람을 만나는 것을 즐겨하지 않고 낯가림이 심한 나에게 이런 김일태 시인은 매우 중요한 선배이다.

쌍봉낙타처럼 건너가려 하네

앞에 놓인 저 사막의 길

두 개의 봉오리에 설렘과 두려움 나누어 담아서

여러 개의 혹을 등에 지고 산

할머니 할아버지 어머니 아버지 생각하면서

진 짐 버거워하지 않는 낙타처럼
꼿꼿하게 머리 세우고

가다가 더러 두 봉오리 사이가
갈 길만치 멀어 보이거나
어둠이 숨바꼭질하더라도 개의치 않고
코를 벌름거리며 한숨을 토해낼 때마다
절망도 한 줌씩 떨어져 나가리라
두 눈 후비는 모래바람도 위안으로 여기며
모래알 같은 은하수 아래 한 줌의 안식에도
수도자처럼 나붓이 무릎 꿇고
나비잠으로 여독을 풀겠네

가는 도중 생이 소진된들 어떠랴
더는 외롭지 않을 사막의 별로 뜰 수 있기에
가시 돋친 낙타풀 씹을지언정 결단코
한 움큼의 먹이에 유혹당하지 않고
그 옛날 비단 싣고 쿤룬 톈산 넘던 할애비들처럼
맑고 순한 눈으로 앞만 보고
지나온 발자국 지우는 바람 같은 시간 반추하면서
오로지 언젠가 가 닿으리라는 확신 하나 안고
종심을 향해 뚜벅뚜벅 걸어가려 하네

—「종심從心을 향해」 전문

시를 읽는 것은 그 시인의 마음을 읽는 일이다. 김일태 시인은 우리 나이로 올해 예순아홉, 내년이면 일흔이다. 고희(古稀)다. 위 시는 시인이 앞으로 어떻게 살 것이며, 어떠한 사람이 되고 싶은지에 대한 지향점을 밝히고 있다.

김일태 시인은 고등학교 시절부터 시를 쓰던 문학청년이었으며, 일흔을 앞둔 지금까지 시에 매진하고 있다. 대체로 사람들이 자신이 경험한 것에서부터 다른 사람을 판단하듯, 나 또한 그러하다. 나도 고등학교 시절부터 시를 쓰기 시작하여 지금까지 시를 쓰고 있다. 그래서 나는 고등학교 때부터 시를 쓴 시인들에 대해, 그리고 그 시에 대해 좀 더 신뢰하는 편이다.

어느 술자리에서 시인은 이런 이야기를 한 적이 있다. 직장일(김일태 시인은 MBC PD였다)로 바빠 시와 데면데면하다 어느 날 문득 다시 시를 진정으로 써봐야겠다는 생각을 가졌을 때 세상과 자신이 하는 일이 모두 다르게 다시 보였다는 말을 들은 적이 있다. 그리고 세상의 일이 새롭게 다가왔다고 말했다. 시를 다시 진정하게 바라보게 되자 자신의 삶에 대한 태도가 달라졌다고 했다.

김일태 시인은 되돌아보면 자신이 중요하다고 생각하는 주요 업적들이 다 그 이후에 이루어졌다고 고백했다. 예를 들면 박경리 선생 다큐멘터리나 김종영 다큐멘터리, 그리고 이원수 선생 다큐멘터리 등이 시를 다시 쓰기 시작하면서 하게 된 일이라는 것이었다. 김일태 시인이 자신의 삶에서 시를 어떻게 대하는지 알 수 있는 대목이다.

앞으로 "갈 길만치 멀어 보이거나/ 어둠이 숨바꼭질하더라도 개의치 않고" 걸어가겠다고 다짐하며 "두 눈 후비는 모래바람도 위안으로 여기며/ 모래알 같은 은하수 아래 한 줌의 안식에도/ 수도자처럼 나붓이 무릎 꿇고/ 나비잠으로 여독을 풀겠"다는 시인의 고백이 그래서 더 진정성 있게 다가온다.

무릇 모든 열매가 꼭지의 힘으로 나무에 매달리듯이

꼭지로부터 공급하는 양분으로 자라고 씨앗을 익히다가

마지막 운명을 함께하듯이

우리 식구들 건사는 아내의 몫이다

꼭지가 힘이 없으면

열매가 병들고 물러져 설익은 채 떨어지듯이

우리 집에서 아내의 역할은 막중하다

모든 이름과 명예를 열매에 양보하듯이

호주도 세대주도 아니고

딸 많은 집안의 떨이 같은 이름이지만

우리 집 튼튼히 지키며 가꾸고 있는

탯줄 같은

내 아내의 이름은 꼭지다

　　　　　　　　　—「내 아내의 이름은 꼭지다」 전문

김일태 시인과 나는 두어 달에 한 번 정도는 만나는 선후배 사이다. 간혹 우리는 부부가 함께 만나 밥을 먹거나 술을 마실 때가 있다. 이 자리는 늘 화기애애하고 재미가 있다. 나는 대체로 말수가 적은 사람이지만 이 자리에서만큼은 말을 많이 하게 된다.

이 자리에서 단연 중심이 되는 사람은 나에게 형수인 김일태 시인의 부인이다. 주변 사람들에게 들리는 말에 의하면 형수는 조금 까다로운 성품이라는데 나에게는 한 번도 그렇게 대한 적이 없다. 나에게는 늘 푸근한 형수다.

집안을 이끄는 것을 제가(齊家)라 한다. 이 제가의 중심에 김일태 시인의 집안에는 '꼭지'가 있다. 아마 형수의 '아명(兒名)'이 꼭지였나 보다. "호주도 세대주도 아니고/ 딸 많은 집안의 떨이 같은 이름이지만/ 우리 집 튼튼히 지키며 가꾸고 있는/ 탯줄 같은/ 내 아내의 이름은" 꼭지다.

김일태 시인과 형수는 고등학교 때 만났다고 들었다. 지금의 김일태 시인이 있기까지 형수의 뒷바라지가 많은 힘이 되었다고도 했다. 대개의 시인들은 세상살이에 서툴고 제가(齊家)에 힘들어 한다. 이 역할은 부인들의 몫으로 넘겨지는 경우가 많다. 아마 김일태 시인의 경우에도 예외는 아니었지 싶다.

고향에서 농사짓는 친구가

고추밭을 놓는다고

막물을 따가라는 연락이 왔다

농사꾼들은 하나의 농작물을 마지막으로 거둘 때
수명 다한 작물을 거두어 치운다 하지 않고
밭을 놓는다 말한다
밭을 놓아 준다는 말이다

땅도 기운이 있어 곡식을 기르느라 힘을 다한 만큼
다음 작물 심을 때까지 쉬게 해 주는 것이다
농번기 때 기력 다한 소를 잘 먹이며 쉬게 하듯이
알찬 열매를 조건 없이 길러내 준 땅에 대해
고맙다는 말 대신 거름 주며 힘을 북돋아 주는 것이다

농사꾼은 땅 기운도 땅힘이라 하지 않고 땅심이라 한다
힘을 마음으로 읽는 것이다

—「마음밭을 놓고 싶다」 부분

　세상에서 가장 가벼운 것도 마음이요, 세상에서 가장 무거운 것도 마음이다. 세상의 모든 수행자가 고행하는 것은 다 이 마음을 다스리고자 하는 일이다. 깃털 하나보다 가벼운 게 마음이요, 태산보다 무거운 게 또한 마음이다.

　김일태 시인은 이제 고희를 앞두고 '마음밭을 놓고 싶다'라고 노래하고 있다. 얼마나 그동안 힘들었으면 이러한 시가 나올까 싶다.

　대개의 시인은 영감을 받아 시를 쓰게 된다고 한다. 이때 영감은 새로운 깨달음을 의미한다. 새로운 깨달음에 시 한 편, 정말 얼마나 멋진 일인가. 명심보감(明心寶鑑) 성심 편에 '불경일사 불장일지(不經一事 不長一智) 한 가지 일을 겪지 않으면, 한 가지의 지혜를 기르지 못하는 법이라.'라 했다. 이제는 그 마음을 가슴 한 귀퉁이에 내려놓고 편안해도 되지 않나 싶다. 이제 농부가 밭을 놓아주듯 김일태 시인도 애쓴 마음의 밭을 놓아줬으면 좋겠다.

나는 같은 고향의 후배로서, 같이 시를 쓰는 동료로서, 지금 발문이라는 이름으로 중언부언(重言復言)하고 있다. 내가 시집의 시들을 먼저 읽어본 덕분으로 누추한 글을 덧붙인다. 이 글이 김일태 시인의 이번 시집에 혹 누가 되지 않았으면 좋겠다.